VENTE

du Mardi 17 Juin 1902

A 2 HEURES

BEAUX TABLEAUX MODERNES

OBJETS D'ART

ET DE

RICHE AMEUBLEMENT

Me LAIR DUBREUIL
COMMISSAIRE-PRISEUR

M. A. BLOCHE
EXPERT

CATALOGUE

DE

BEAUX TABLEAUX MODERNES

ET ANCIENS

OBJETS D'ART

ET DE

RICHE AMEUBLEMENT

ÉPOQUES ET STYLES

XVIe et XVIIIe SIÈCLES

Bustes importants en marbre, Beau meuble de salon en tapisserie
Secrétaires, Bahuts, Cabinets, Bibliothèques
Tables, Commodes, Consoles, Bureaux, Armoires, etc.
Importante salle à manger Renaissance
Magnifique Tapis d'Aubusson du Temps de Louis XVI
Bronzes, Porcelaines, Argenterie
Livres, Dictionnaire de Larousse

dont la vente aura lieu

HOTEL DROUOT — SALLE N° 1

LE MARDI 17 JUIN 1902

A 2 HEURES

Me F. LAIR DUBREUIL
COMMISSAIRE-PRISEUR
Successeur de Me DUCHESNE
6, Rue de Hanovre

M. Arthur BLOCHE
EXPERT
PRÈS LA COUR D'APPEL
28, Rue de Châteaudun

CHEZ LESQUELS ON TROUVE LE PRÉSENT CATALOGUE

EXPOSITION PUBLIQUE

Le Lundi 16 Juin 1902, de 2 heures à 6 heures

CONDITIONS DE LA VENTE

La vente sera faite au comptant.

Les adjudicataires payeront *dix pour cent* en sus des enchères.

L'exposition permettant au public de se rendre compte de l'état et de la nature des objets, il ne sera admis aucune réclamation une fois l'adjudication prononcée.

IMP. MÉNARD ET CHAUFOUR, PARIS.

DÉSIGNATION

TABLEAUX

ARUS

1 — *Le Passage du gué, souvenir de 1870.*

Signé.

Toile. Haut. : 0m09. Larg. : 0m32.

BEAUQUESNE (W.)

2 — *La Sentinelle.*

Signé à gauche.

Bois. Haut.: 0m37. Larg. : 0m27.

BERAUD (Jean)

3 — *Le Trottin.*

Aquarelle.
Signée à gauche et datée 1884.

BERTRAND (Georges)

4 — *La Promenade dans le parc.*

Signé à gauche.

Bois. Haut. : 0m42. Larg. : 0m27.

BOUCHER (École de)

5 — *Pastorales.*

Quatre dessus de portes en camaïeu bleu.

CHAIGNEAU (F.)

6 — *La Route près du village.*

Signé à gauche.

Bois. Haut. : 0m15. Larg.: 0m22.

CHARPENTIER (Eug.)

7 — *Cheval à l'abreuvoir.*

Signé.

Toile. Haut. : 0m32. Larg. : 0m23.

COLIN-LIBOUR

8 — *Surprise.*

Signé à droite.

Bois. Haut. :0m42. Larg. : 0m27.

COYPEL (Attribué à)

9 — *Le Sacrifice d'Iphigénie.*

Toile. Haut. : 1m34. Larg. : 0m98.

DAVID (Louis)

10 — *Scène tirée de l'Histoire romaine.*

DELIÈRE

11 — *Les Voleurs et l'âne.*

12 — *Le Chat et le serin.*

Deux aquarelles.
Signées à droite.

DUHUNOT

13 — *Tête de jeune femme.*

Signé.

Toile. Haut.: 0m31. Larg. : 0m25.

FLAMMENG (AUG.)

14 — *La Garonne à Bordeaux.*

Signé à gauche.

Toile. Haut. : 0m45. Larg.: 0m48

FRÈRE (ED.)

15 — *Petite Paysanne.*

Signé.

Bois. Haut. : 0m25. Larg.: 0m18.

GARRIDO

16 — *La Petite bouquetière.*

Signé.

Toile. Haut. : 0m26. Larg. : 0m22.

GILBERT (V.)

17 — *Dans les champs.*

Signé à gauche.

Toile. Haut. : 0m63. Larg. : 0m48.

HEMSKERK

18 — *La Caverne.*

Composition de nombreux personnages.
Beau tableau.

JEANNIN (G.)

19 — *Les Pivoines.*

Signé à gauche.

Toile. Haut. : 0m58. Larg. : 0m73.

LATOUR (Attribué à)

20 — *Portrait de femme représentée regardant presque de face, la coiffure poudrée, le corsage rose légèrement décolleté et manteau de dentelle jeté sur les épaules.*

Beau pastel ovale.
Cadre en bois sculpté et doré.

LELEUX (Adolphe)

21 — *Pêcheuse chargeant des sacs de moules sur une charrette.*

LEGAT

22 — *L'Abreuvoir, à Cernay.*

Signé à droite.

Toile. Haut. : 0m45. Larg. : 0m54.

LE ROY (J.)

23 — *Colis postal.*

Signé à droite.

Toile. Haut. : 0m45. Larg. : 0m54.

LEVY (Emile)

24 — *Pêcheuse de Granville.*

Signé.

Toile. Haut. : 0m70. Larg. : 0m41.

MANOURY

25 — *Les Bords de la Seine.*

Salon de 1890.

Signé.

Toile. Haut. : 0m45. Larg. : 0m70.

PEZANT (Aymar)

26 — *La Rentrée du troupeau.*

Signé à droite.

Toile. Haut. : 0m45. Larg. : 0m59.

RIBARZ

27 — *Dordrecht.*

Signé à droite.

Bois. Haut. : 0m30. Larg. : 0m45.

ROSIER (A.)

28 — *Le Grand canal à Venise.*

Signé à droite.

Toile. Haut. : 0m36. Larg. : 0m61.

SUSTERMANS (Attribué à)

29 — *L'Enfant au chat.*

ZIMMERMANS (L.)

30 — *Harlem (Hollande). Effet de soir.*

Signé à gauche.

Toile. Haut.: 0m49. Larg.: 0m60.

TROUILLEBERT

31 — *Le Passeur.*

Signé à droite.

Toile. Haut.: 0m34. Larg.: 0m40.

WASHINGTON

32 — *La Fantasia.*

Très beau tableau.

WASHINGTON (G.)

33 — *Halte en Kabylie.*

Signé à gauche.
Toile.

VEYRASSAT (J.)

34 — *La Moisson.*

Signé à droite.
Toile.

WEBER (Th.)

35 — *La Plage d'Yport le soir.*

Signé à droite.
Toile.

ZIEM

36 — *La Rentrée du bateau de pêche.*

Œuvre intéressante.

ÉCOLE FRANÇAISE XVIIIe SIÈCLE

37 — *La Visite au grand'père.*

38 — *Scène mythologique.*

39 — *Portrait d'architecte en habit rouge.*

Toile ovale.

40 — *Réunion musicale au Palais de Versailles.*

ÉCOLE MODERNE

41 — *Vaches au paturage.*

42 — Deux gravures en couleur imprimées sur soie: *Portrait du duc d'Angoulême enfant et du Dauphin fils de Louis XV.*

43 — Tableaux omis.

MARBRES, BRONZES

PORCELAINES

44 — Belle garniture de cheminée composée d'une pendule surmontée d'une statue en bronze : la Paix armée, de COUTAN, édition THIÉBAUT frères et deux candélabres formés de vases en bronze, à jeux d'enfants en bas-relief d'où s'échappent des bouquets de lumières en bronze doré, sur socles en marbre rouge garni de bronzes, de la maison SUSSE frères.

45 — Statuette en bronze : la Vénus de Milo, socle en peluche rouge.

46 — Statuette en bronze : Psyché, de SCHŒNEWERK, socle en marbre rouge.

47 — Très beau buste en marbre représentant Merville en grand costume de cour, œuvre remarquable.

48 — Très beau buste en marbre représentant lord Russel en riche costume, remarquable d'exécution.

49 — Belle et importante garniture de cheminée du Ier Empire, en bronze doré et patine brune composée d'une pendule formée par une statuette de nymphe portant une fleur de soleil en bronze doré renfermant le mouvement, cadran signé GALLE et deux candélabres formés par deux statuettes, Iris et Mercure portant des branches à sept lumières en bronze doré, socles en marbre rouge veiné, garnis de bronzes ciselés et dorés, entourage à fleurettes et feuilles de chêne.

50 — Paire de beaux flambeaux, époque Louis XVI en bronze ciselé et doré, fuseau côtelé orné de thyrses de lauriers, base à feuilles d'achante et gaudrons ; entourage à perlés et rais de cœur.

51 — Paire de flambeaux, époque Louis XVI, bronze ciselé et doré, fuseau à cannelures et feuilles d'achante, base à gaudrons.

52 — Buste de femme en marbre blanc.

53 — Statuette en marbre : le Printemps, signé PÉLERIN.

54 — Paire de candélabres en bronze à six lumières surmontés d'une cigogne, pieds à griffons, socles marbre rouge.

55 — Garniture de cheminée composée d'une pendule et de deux lampes en bronze, patine fer et patine dorée finement ciselée. Style Renaissance.

56 — Deux landiers de même travail et de même style.

57 — Groupe en bronze : Bacchus enfant, socle en marbre jaune à perlés de bronze.

58 — Deux statuettes en terre cuite : Amours aux cornets, de Joseph CHÉRET, socles en velours rouge.

59 — Statuette en marbre : Enfant aux raisins d'après PIGALLE, socle en bois noir.

60 — Grande coupe avec couvercle surmonté de deux enfants, décor à médaillons portés par trois enfants agenouillés, en faïence italienne.

61 — Deux colonnes en marbre rose, garnies de bronzes.

62 — Deux potiches en ancienne faïence de Delft polychrome.

63 — Deux vases en porcelaine d'Imari, décor à personnages sur fond rouge.

64 — Statuette : Enfant endormi, en porcelaine de Chine.

65 — Vase à grosse panse en porcelaine hongroise, décor à fleurs et papillons en relief.

66 — Chimère tenant une boule en porcelaine de Kutani.

67 — Groupe en porcelaine du Japon, femme portant un vase, ayant un enfant à ses pieds.

68 — Groupe en terre cuite : le Retour des champs.

69 — Écritoire à deux godets en marbre rouge garni de bronzes.

70 — Statuette en bronze à patine d'or : Vainqueur, de MARIOTON. Édition de COLIN.

71 — Deux vases en étain : Baigneuses au milieu de roseaux. Signés HUPPE.

72 — Deux grands vases en porcelaine de Chine, décor à vols de cigognes sur fond bleu.

73 — Cache-pot en céramique, décor à fleurs sur fond jaune, bordure bleue.

74 — Cache-pot en faïence émaillée, décor à branchages fleuris sur fond bleu pâle. Signé PIHAN.

75 — Buste en terre cuite : Félicité, de MADRASSI.

76 — Deux vases en bronze du Japon, décor en relief.

77 — Potiche en faïence italienne à buste d'homme casqué.

78-80 — Dix-huit pièces : assiettes, bol et plats en vieux Chine.

81 — Lustre en bronze doré à douze lumières disposées pour l'électricité. Style Louis XVI.

82 — Joli petit lustre en bronze ciselé et doré, corbeille de roses, disposé pour l'électricité.

83 — — Pendule d'applique avec socle en marqueterie de cuivre sur écaille, ornée de bronze doré, couronnée par une figure de Jupiter. Époque de la Régence.

84 — Paire de belles appliques en bronze à trois lumières de style Louis XV.

85 — Statuette en bronze : la Femme au nénuphar, par CHOLON. Édition de COLIN.

86 — Grande suspension de salle à manger en bronze poli et repercé à vingt-cinq lumières, avec lampe centrale à mouvement indépendant, couronnement à fleurs de lys garni de quatre lampes électriques.

87 — Paire de bras d'applique Louis XVI en bronze ciselé et doré, formés par des cariatides de femmes ailées supportant des branches à trois lumières.

88 — Pendule Louis XVI en bronze ciselé et doré, ornée d'une figurine de nymphe et d'amour.

89 — Groupe en bronze : la Pêche, socle en bronze doré.

90 — Deux statuettes en bronze : les Enfant buveurs, socles en marbre.

91 — Deux candélabres Louis XVI formés par une statuette de nymphe et de Faune portant un bouquet à trois lumière, socles en marbres.

92 — Statuette en bronze : la Clef des champs.

93 — Petit buste en bronze Henri IV.

94 — Groupe en biscuit.

95 — Paire de flambeaux en bronze, égyptiennes sur socle, en bronze doré et marbre blanc. Epoque du Directoire.

96 — Plat en ancienne porcelaine de Saxe décor polychrome à fleurs.

97 — Groupe de deux figurines d'enfants en ancien biscuit de Sèvres.

98 — Paire de vases en porcelaine de Chine.

ARGENTERIE

OBJETS DE VITRINE ET DE CURIOSITÉ

99 — Très beau surtout de table composé de trois pièces en argent finement ciselé.

100 — Clochette liturgique en argent doré, dont la poignée ajourée figure un élégant petit clocheton de style ogival : travail attribué au xve siècle.

101 — Châtelaine en or enrichie de perles fines, boucle ornée d'un émail très fin, composition de trois figures, avec montre à cadran entouré de perles.

102 — Coffret forme de châse en argent finement ciselé à figures d'apôtres. Style xve siècle

103 — Coffret plaqué de nacre, monture en cuivre ciselé et doré, couvercle orné d'un motif de fleurs. Epoque Ier Empire. Intérieur formant nécessaire à coudre avec accessoires en nacre garni d'or.

104 — Médaillon : Bouquet de fleurs en ivoire sculpté, cadre bois noir.

105 — Groupe en bois sculpté : la Vierge et l'Enfant. XVIIe siècle.

106 — Petite miniature ronde : la Tireuse de cartes, composition très fine de trois personnages.

107 — Miniature ronde sur ivoire : Portrait de femme Louis XVI avec chapeau à plumes bleues.

108 — Plaque ronde en biscuit de Sèvres : la Reine Marie-Antoinette.

109 — Assiette en ancien émail de Limoges : la Toilette de Vénus.

110 — Petite gouache : Fête aérostatique sous Louis XVI.

111 — Carnet en nacre gravé, monture en cuivre doré. Ier Empire.

112 — Statuette en biscuit : Garde à vous ! d'après FALCONET.

113 — Petite pendule en bronze doré : Amour près d'un arbre,lançant des traits. Epoque Louis XVI.

114 — Aiguière en argent giselé et émaillé représentant Persée venant délivrer Andromède et combattant le dragon.

115 à 117 — Trois épées de cour, poignées et gardes en argent ciselé. Epoques Louis XV et Louis XVI.

118 — Groupe en buis sculpté : la Vierge assise tenant l'Enfant Jésus.

119 — Deux statuettes d'hommes porteurs en bronze. XVIIe siècle.

120 — Deux drageoirs forme pommes en cristal.

121 — Sonnette en bronze ciselé et doré. Epoque Ier Empire.

122 — Petite plaque en émail de Limoges: Vénus et les Amours, cadre en bronze doré.

123 — Cachet-breloque en or, orné de trois intailles. Epoque Louis XVI.

124 — Petit cadre en argent à nœuds de rubans, orné de marçassettes. Epoque Louis XVI.

125 — Cuiller en bronze gallo-romain montée en or, formant broche.

126 — Miniature ovale sur ivoire: Portrait du roi de Rome.

127 — Miniature ovale sur ivoire : Portrait de Louis XVII.

128 — Miniature ronde sur ivoire, peinture en camaïeu rouge: Allégorie à la Musique.

MOBILIER

129 — Très bel ameublement de salon en tapisserie d'Aubusson, représentant sur les sièges et sur les dossiers des scènes tirées des Fables de Lafontaine ; bois finement sculpté et doré à rubans enroulés et piécettes enfilées. Travail de style Louis XVI de la maison Soubrié. Il se compose d'un canapé et de six fauteuils.

130 — Beau meuble en bois de fer sculpté et ajouré à branchages fleuris, le haut formant étagère, à fond de glace, le bas ouvrant à deux portes. Travail chinois.

131 — Petit meuble d'entre-deux en vernis Martin, garni de bronzes, dessus en marbre brèche d'Alep. Style Louis XV.

132 — Bahut à hauteur d'appui, en bois du Tonkin incrusté de nacre, dessin représentant des navires, dessus en marbre rouge griotte.

133 — Support carré en bois de fer sculpté de Chine, dessus en marbre rouge.

134 — Grand bureau plat à quatre faces, en bois de violette et bois de rose, garni de bronzes. Style Louis XV. Dessus en cuir doré au petit fer.

135 — Fauteuil de bureau en noyer sculpté à coquilles et contours, foncé de canne. Style Louis XV.

136 — Petit meuble cabinet en bois du Tonkin, incrusté de nacre, décor branchages fleuris, dessus en marbre gris.

137 — Bibliothèque à deux portes vitrées en acajou et filets de cuivre. Style Louis XVI.

138 — Deux fauteuils Louis XVI, en bois sculpté et peint blanc à nœuds de ruban, rais de cœur, rosaces et cannelures, couverts en soierie rayée vert et blanc et brochée à guirlandes de fleurs.

139 — Petit meuble à deux corps, en noyer finement sculpté, décor à arabesques et rinceaux feuillagés, ouvrant à deux tiroirs et quatre portes. Style Renaissance.

140 — Petite table desserte en bois peint vert, dessus en carreaux de faïence, avec plateau analogue.

141 — Deux chaises en noyer sculpté, pieds à croisillon, couvertes en tapisserie au point et au petit point à volatiles au milieu de branchages.

142 — Petite armoire bretonne, en bois sculpté, ouvrant à deux portes et deux tiroirs, décor à rosaces, colonnes torses et galeries. Style XVIIIe siècle.

143 — Petite commode ouvrant à quatre tiroirs, garnie de bronzes et de filets de cuivre, dessus en marbre rouge griotte. Style XVIIIe siècle.

144 — Petite étagère en bois de fer, panneaux en bois laqué incrusté d'ivoire, sur socle en bois de fer sculpté. Travail chinois.

145 — Grand dressoir crédence en noyer sculpté supporté par quatre cariatides ; le haut formant vitrine ouvre à une porte avec glace, et les côtés sont à étagères à fond de glace, il est orné de têtes de personnages surmontés de brûle-parfums drapés, fronton à figures de sphinx se regardant. Travail de style Renaissance.

146 — Grande table rectangulaire supportée par

quatre pieds à cannelures et surmontés de consoles avec entrejambes à arcades. Style Renaissance.

147 — Glace avec cadre en bois sculpté à rocailles. Epoque Louis XV.

148 — Beau secrétaire en marqueterie de bois d'époque Louis XV orné de bronzes ciselés et dorés.

149 — Secrtéaire en bois de rose et marqueterie de bois d'époque Louis XVI, orné de bronzes.

150 — Commode en marqueterie de bois d'époque Louis XV, ornée de bronzes dorés à dessus de marbre.

151 — Jardinière sur quatre pieds en marqueterie de bois ornée de bronzes. Epoque Louis XVI.

152 — Console en acajou ornée de bronzes ciselés et dorés. Commencement du XIXe siècle.

153 — Bahut en marqueterie de bois ouvrant à deux vantaux pleins et posant sur une console à quatre colonnes torses. Travail hollandais du XVIIe siècle.

154 — Console Louis XVI en bois sculpté et doré surmontée d'un trumeau à glace.

155 — Table à bijoux en bois sculpté et laqué blanc.

156 — Bureau Louis XV à cylindre, garni de cuivre.

157 — Commode en marqueterie Louis XVI et filets de cuivre.

158 — Commode Louis XVI en acajou et cuivres à dessus de marbre.

159 — Commode en marqueterie à personnages garnie de cuivre, dessus de marbre.

160 — Chiffonier en acajou à colonnes détachées garni de cuivre.

161 — Table poudreuse Louis XV en noyer.

162 — Bibliothèque Louis XVI.

163-164 — Deux armoires Louis XIII et Louis XIV.

165 — Bergère Louis XV.

166 — Deux fauteuils Louis XV.

167 — Coffre bois sculpté Renaissance.

168 — Meuble en marquerie de bois. Travail hollandais.

169 — Piano droit d'Erard.

170 — Bel ameublement de salle à manger en noyer ciré et sculpté composé, d'un grand buffet crédence d'aspect monumental, deux meubles dessertes d'appui, une table rectangulaire et douze chaises.

TAPIS D'AUBUSSON

171 — **Magnifique** tapis d'Aubusson d'époque Louis XVI, dessus central à médaillons et rosaces séparés par des guirlandes de fleurs, aux angles, des vases fleuris, bordure grand rinceaux feuillagés et fleurs.

LIVRES

172 — Grand dictionnaire universel du XIXe siècle, par LAROUSSE, (16 volumes).

173 à 179 — Lot de livres divers.

180 — Objets omis.

PARIS
IMPRIMERIE MÉNARD ET CHAUFOUR
8-10, Rue Milton

www.ingramcontent.com/pod-product-compliance
Ingram Content Group UK Ltd.
Pitfield, Milton Keynes, MK11 3LW, UK
UKHW032025260826
14628UKWH00006B/2733